ALFAGUARA INFANTIL

EL NIÑO DEL DIBUJO

© Del texto: 1999, Carla Zolezzi
© 1999, Santillana S. A.
© De esta edición:
  2008, **Santillana S. A.**
  Av. Primavera 2160, Lima 33 - Perú

Alfaguara es un sello editorial del Grupo**Santillana** que edita en:
• España • Argentina • Bolivia • Brasil • Colombia • Costa Rica
• Chile • Ecuador • El Salvador • Estados Unidos • Guatemala
• Honduras • México • Panamá • Paraguay • Perú • Portugal
• Puerto Rico • República Dominicana • Uruguay • Venezuela

Edición:
ALESSANDRA CANESSA
Cuidado de edición:
ANA LOLI
Diseño de la colección:
JOSÉ CRESPO, ROSA MARÍN, JESÚS SANZ
Diagramación:
PATRICIA SORIA
Retoque digital:
JULIO GALLEGOS

ISBN: 978-603-4016-62-0
Hecho el depósito legal en la Biblioteca Nacional del Perú Nº 2010-03522
Registro de Proyecto Editorial Nº 31501401000249

Primera edición: octubre 1999
Segunda edición: junio 2008
Primera reimpresión: marzo 2010
Tiraje: 2 000 ejemplares

Impreso en el Perú - Printed in Peru
Metrocolor S. A.
Los Gorriones 350, Lima 9 - Perú

El niño del dibujo

Carla Zolezzi

Ilustraciones de Elsa Herrera-Quiñónez

ALFAGUARA

Para Jaime, Camila y Salvador.

Camila llega del colegio. Almuerza
y mira un rato la tele. Después, juega
con Marce, su muñeca favorita.
Le da el biberón, le canta canciones
y la acuesta en el coche a dormir.

Luego, en una hoja, empieza a dibujar.
Dibuja una cara graciosa, el cuerpo,
los brazos, las piernas, los pies y…
Escucha la voz de su mamá:
—¡Camiiiila, ven a comeeeer!

Camila tiene mucha hambre, así que deja el dibujo, que queda así:

Y corre hacia la cocina.

Después de comer, Cami se ducha,
se lava los dientes y se acuesta.
Mañana debe ir de nuevo al cole.
En la noche, mientras todos duermen…
ocurre algo muy raro.

El dibujo que Camila hizo en la tarde
¡¡¡¡se levanta, sale del papel… y camina
por toooodo el cuarto!!!!

Se detiene junto al gran diccionario.
Pasa las páginas como quien busca algo.
Saca muchas letras y las guarda
en sus bolsillos.

A la mañana siguiente, Camila
y su mami salen apuradas.
Una va al colegio, la otra al trabajo.
Nadie se acuerda del dibujo del niño,
que está de nuevo inmóvil en el papel.

Al volver a casa, Camila mira el papel
y encuentra al niño tal cual lo dibujó.
Pero, en la parte de arriba de la hoja,
observa unas letras pegadas que dicen:
"Me faltan los zapatos" y firma
"El niño del dibujo".

Me fALtaN los zaPaTos el niño DeL diBujo.

11

Camila, emocionada, le dibuja unas
zapatillas azules, una gorra en la cabeza,
una mochila y una pelota de fútbol.
"Con todo esto, seguro te alegrarás",
piensa. El dibujo queda así:

Cuando todos duermen,
el niño otra vez sale del papel.
Camina hacia el gran diccionario
y vuelve a llenar sus bolsillos
de letras.

Al amanecer, Camila despierta y curiosa
va a ver el dibujo. Esta vez lee:
"No tengo con quién jugar".

NO
tengo
con Quién
Jugar

Camila grita emocionada:
—¡¡¡Mamaaaá, veeeen!!!

—¿Qué pasa, Cami? ¿Por qué gritas?

—¡¡¡¡Mami, no te imaginas lo que ha pasado con mi dibujo!!!! Lo hice ayer y apareció un mensaje. Creo que es un dibujo mágico o un duende que cobra vida.

—¿Un dibujo mágico? Yo creo que se trata de una "niña maga" —dice la mamá, pensando que es la niña quien ha escrito los mensajes.

—¿Me ayudas a dibujar lo que me pide? —pregunta Camila.
—Bueno, pero sólo un ratito —responde la mamá.

Como el niño del dibujo había pedido
compañía, necesitaban una hoja más grande
donde poder dibujar. Así, recortaron al niño
y lo pegaron en un papel enoooorme
que encontraron en un cajón.

Esta vez dibujaron otro niño como
de la misma edad, una niña más pequeña,
un perro con orejas caídas y patas largas.
No se olvidaron de dibujar un cerro y el
rojo sol. El dibujo quedó así:

Cada mañana, las dos dibujaban contentas
algo especial para sus amigos de papel.

Día a día encontraban nuevos
mensajes:
"Unos helados, por favor".
"Queremos una cancha de fútbol".
"Muchos cuentos para leer".
"Un poco de lluvia para mojarnos la cara".
"El mar…".
Claro que varias veces tuvieron que
recortar lo que habían hecho y pasarlo
a otro papel más grande.

Hasta que un día no hubo papel
lo suficientemente grande.

Decidieron trasladar el dibujo a la pared que cercaba el terreno vacío frente a su casa. Así que recortaron y pegaron sobre aquella pared durante casi toda la noche.

—Creo que ya no les hace falta nada —dijo la mamá. Cansadas, se fueron a dormir. El dibujo quedó así:

23

Enorme fue la sorpresa de Camila y de su mamá
a la mañana siguiente, al despertar.
Todos los vecinos de la cuadra: abuelos,
abuelas, señores, señoras, niños, niñas
dibujaban sobre la pared.

"Yo hago un tobogán", gritaba emocionado
Álvaro. "Yo, un circo", decía Alejandro.
"Yo, dibujo un cometa", pedía María José.
"Nosotros haremos un tren", decían Diego
y Salvador.

La gente, con plumones y témperas en
la mano, hacía cola para dibujar algo
en el mural, que en la parte superior se leía:
"Gracias. Ya tenemos todo. Ahora dibujen
lo que quieran".

Pasaron los días y el dibujo se fue ampliando hasta convertirse en un mural inmenso, cada vez más famoso.

A la viejita del frente le gustaba tanto que decidió armar su maleta y dibujarse en él, para vivir allí por siempre.

Camila y su mamá miraban desde
su ventana y se sorprendían con
los cambios que mostraba cada día.
El niño del dibujo les sonreía
y les guiñaba un ojo.

De toda la ciudad llegaba gente curiosa
a ver el mural, que ya no abarcaba
la pared del terreno vacío, sino la casa
del costado, la del tío Jaime, que gustoso
había cedido sus paredes, porque: "Me
alegra de sólo mirarlo", se le escuchó decir.

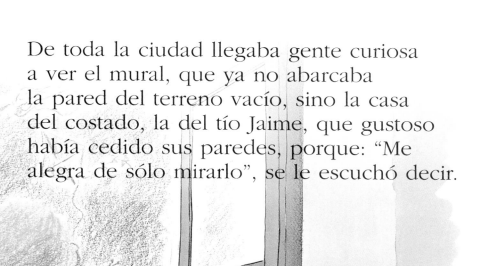

Otros vecinos también quisieron que la gente
pinte en sus paredes. Y sonreían al verlas
llenas de animales, de colores, de cosas raras,
de nombres dentro de corazones.

Y así fue como el dibujo creció y creció,
llenando las paredes de toda la ciudad,
y luego de todo el país,
y luego de todo el mundo,
ya que siempre aparecía alguien que quería
dibujar en él y, claro, era bienvenido.
Y como podrás ver, sigue allí, como el oso,
cada día más grande y más hermoso.

Si te provoca, puedes dibujar lo que quieras
en el espacio que el niño del dibujo
ha guardado para ti.